今夜

大海在北边

满全 著

作家出版社

目 录

阿尔山，如同上帝的背影 (组诗)

远的边陲有一座小镇，名字叫阿尔山
如此熟悉而亲切，如同亲人的呼唤
阿尔山，或许上帝建造的人间天堂
与时间无关
幽静、美丽、安详
不仅是一种表达的姿态
也是身份的象征

凉风吹来
那是一段有关冰川期的悲伤
如此清爽
不仅是一种气候的态度
也是一种迎客的方式，与季节无关

细雨陪伴
那是一段消夏的柔情，无需抵挡
茂密的森林如同少女的思绪
婉转细腻，等同于奥妙的天书

满眼绿色，生机盎然
那便是大地的豪情

无法描述你那丰满辽阔的姿态
阿尔山，如同上帝的背影
无需追问
很多人来了，又走了
年年如此
阿尔山，依旧等待着最后的客人

白狼峰，如同忧郁的王子

其实高贵与平庸
无法重叠的姿势
很多时候身份决定处世方式

高峰与洼地，不仅是命运的安排
还与后天的积累有关

其实徒步爬峰与坐车上峰
同样抵达山顶
只是选择的路径不同

不同的路径带来不一样的风景
如同人生的选择

穿越一片白桦林
或许前世的许诺

我将用整个夏天的时光
回味那片森林和那些人
还有安达的烈酒

森林深处，时间之外
白狼峰孤独地耸立在群山之中
如同忧郁的王子
日夜守候着冰川期往事

散落一地的石块
像时间一样古老
每块石头都隐藏着宇宙的秘密

群山之巅
那不是地形的表达
而是王者的象征

很多时候

孤单来自与众不同的存在

烟雾缭绕

那便是高贵的姿势

很多时候

高贵来自不可复制的灵魂

白狼峰，如同忧郁的王子

熔岩石，时间的废墟

虽然无法考证，你那久远的年代

却我依旧迷恋，你那复杂的身世

一条河流，

日夜环绕着你那黑色的孤独

天地无语，如同时间已经凝固

你的谱系

应该与太阳神有关

抑或遥远的星球有关

岩浆变成熔岩石

或许是时间的魔法

我无法想象一亿年前的凄美故事

火山爆发，无可抵挡的毁灭

那场惨烈肯定超过所有战争

我以万物的名义

此刻倾听宇宙爆炸的传闻

凝望你那无情的表层和漫无规则的形状

必须重新认定快乐与痛苦的轮回

你来自地球心脏，火热的帝国

却以冰冷的方式

守候着一片时间森林

你来自时间尽头，远古的城邦

却以幽静的形式

讲述着一场地壳运动

春雨来过，秋风吹过

却无法拭去你那苍天般的静默

杜鹃花绽放过，白桦树哭泣过

却无法叫醒你那宇宙般的沉默

熔岩石，或许是时间的废墟

驼峰岭天池，仙女的一滴泪珠

我用不同的高度
凝望你的姿势，只是为了揭开
你那神秘身世，你是上苍的左脚印

我用不同的角度
拍摄你的幽静，只是为了抚摸
你那蓝色惆怅，你是时光的守望者

我用一天的时间来环视
你那绝世美色，只是为了寻找
曾经的感慨

我用一生的时光来回味
你那非凡气质，只是为了惦念
曾经的遇见

驼峰岭天池，犹如仙女的一滴泪珠

惜别，阿尔山

惜别，阿尔山，肯定是命中注定
很多时候，惜别就是相逢的导火索

铭记与众不同的身份
或许是友谊延续的方式

虽然拥有不同的人生路径
但是成功的喜悦和失败的痛楚
对于每个人同样珍贵

边陲小镇，只是时间的客栈
很多人来了，又走了
白狼峰，以王子的高贵
迎接八方宾客
只是为了讲述不寻常经历

冰河期，如此冥远

整理行囊，踏上回家路
惜别是必须的程序
火山遗址，无法表述的宇宙秘密
站在森林深处
仰望天空，只是一种感慨的表达

遇见秋季，白桦林作证
一路向北
有一条柏油路通往遥远的天际
安达的歌声，回旋在古老的天空

驼峰岭天池，还是与仙女有关
不必考证，天池与仙女的故事
很多时候
美丽的谎言是安抚灵魂的方式
很多时候
天界是下凡的背影

奥伦布坎
来自贝加尔湖的狩猎部落
一棵灵魂树
诠释着远古部落的整个历史

古老的萨满

演绎着千年的传奇，奥伦布坎

如同天地绝唱

站在八月的翅膀上眺望北极

是谁

在辽阔无边的大地中央

吟唱着一首惜别之歌

短暂的相聚，如同千年的等待

在上帝背影的阿尔山

是谁呼唤来日的相遇

一碗烈酒弹出心中的豪迈

幽静秀丽的阿尔山，如同你我的情怀

惜别，阿尔山，肯定是命中注定

从此你我多一份期待

2018／8／4-9，写于阿尔山

四月，还是无法描述的时光驿站 (组诗)

走廊中有稀稀拉拉的声音

飘浮在空气中，逗留片刻

然后

消失在楼层之间，无影无踪，

如同人的一生

面对丰满而复杂的世界

很难表述

一只蚂蚁的悲伤和一条河流的姿势

无需追问，一杯清茶的芳香

无法表达我对你的感觉

你是谁，一棵树、一阵风

或许无法抵达的深海彼岸

盛乐，这一古老的名称

与某个王朝有关

在这万物复苏春暖花开的季节

抹去所有不安和恐惧

翻开一本诗集，推开时光之门

与你对话

你是谁，一座城堡、一束亮光
或许无法想象的上苍废墟
走廊中偶尔出现
清洁工的忙碌身影，艰辛的
不仅是漂洋过海的鸟群，还有
背井离乡的流浪者
四月，还是无法描述的时光驿站
与回忆无关

遇见一棵树并不容易

世界那么大，树林那么多
遇见一棵树并不容易
或许你先我之前来到这个世界
或许你在我之后来到这个世界
这一切抵挡不了彼此的相遇和对视
你并不在乎崇高与卑鄙
也并不在乎诗歌与远方

阳光、雨水、土壤
不间断地诉说着
你的艰难历史和不明朗的前程

你肯定满不在乎

森林深处发生的一些事情

比如部落冲突、流血事件

男人和女人的爱情

以及嘹亮的山歌

你肯定心不在焉

多少人带着内心的秘密

多少人背着不确定的未来

走过山间小路

我知道时间洪流

早已洗刷干净人间沧桑

世界那么大，树林那么多

遇见一棵树并不容易

七夕之夜，把所有的记忆堆积在黄昏岸边

这样美好的夜晚，我把

所有的记忆

堆积在黄昏岸边

一页接着一页地翻阅，寻找着

曾经的温馨相遇

亲爱的，今夜无眠

这样美好的夜晚，我把
所有的向往
捆绑在山峰翅膀上
一束接着一束地凝视，想象着
来日的美丽相逢
亲爱的，今夜无眠

这样美好的夜晚，我在天河的这一边
给你整理世间的凄美故事
人生如此奇妙
一切均在想象之外
亲爱的，今夜给你写信

这样美好的夜晚，你在天河的那一边
给我保存天堂的浪漫憧憬
缘分如此奇特
一切均在上苍之意
亲爱的，今夜给我写信

无法描摹一片天空的蔚蓝

无法描摹一片天空的蔚蓝
我知道，蔚蓝来自浩瀚的天际
无需追问
那是不可抵达的高度
只有起点
没有终点的蔚蓝

无法言说一朵白云的纯洁
我知道，纯洁来自飘渺的境界
毫无疑问
那是无法拥有的奢望
只有形状
没有体量的纯洁

王昭君，千古孤芳的一朵宫廷蔷薇

千古孤芳的一朵宫廷蔷薇
千年沧桑的一首汉朝挽歌

今日

站在匈奴废墟上眺望古塞

天空蔚蓝

已然看不见帝国的瓦片

找不到回乡路的一只孤雁

在漠北草原上空依旧盘旋

凄凉的北方诉说着绝代女人的伤痛

天地苍苍

山河无言

帝国的战争

因为女人的美色而告终

帝国的荣耀

因为女人的泪水而沉沦

闭上眼睛，仍然看见雨水般的女人

坐在窗前

我看见远处的红雨伞和一座城市

秋雨细细

如同我多年以前的惆怅

几棵柳树

宛如漂泊在苍茫的天空中

我想起大海、草原和宁静的黄昏

我想起烈酒、骏马和远去的诗人

坐在窗前

坐在深秋中

北风吹来无尽的忧愁和思念

闭上眼睛

仍然看见雨水般的女人

红雨伞渐渐离去

秋雨连连

2018／8／14—18，写于贵阳

今夜，草原是时间的客栈 (组诗)

插上隐形的翅膀
以宁静的方式
飞入宇宙漩涡
仿佛遇见前世的可汗
仿佛遇见来世的诸神

雄鹰飞过，流星划过

风，凝固在天堂
山，飘浮在云端

额尔古纳河犹如巨人的姿势
从远古走来
一直眺望着远去的
一个人一匹马一把钢剑

秋雨飘来
那是一段古老的传说

室韦村是否上苍的废墟

无人回答

在血红的黄昏中

很多人依然找不到回家的路

今夜，草原是时间的客栈

与欢乐无关

畅饮一碗烈酒，才发现

天边有一座

长生天遗弃的城堡

谁在烈火中畅饮杜康酒

不必修饰悲伤和喜悦，这一切与古人无关

面对古老的白帝城

心中总有那些无名的感慨和凄凉

王朝的残音回荡在山水之间

千年如此苍苍，我无法确认

世间的轮回中你我何时重逢

连绵起伏的山脉

那是蜀国的背影，与扬子江号游轮无关

千里长江东逝水，两岸猿声早已消失

谁在烈火中畅饮杜康酒

王朝挽歌如此凄凉，仰首星空

依然绝望无边

穿越时空的那个人或许是我的前世

迷茫的惨痛中举手是一种安慰的姿势

我无法抵挡世间的轮回，一切犹如今夜的江水

悄悄地过来，又悄悄地离去

晚风吹来，那是一段王朝的倾诉

站在王府中央

眺望着火红的晚霞

仿佛听见大地的颤动和呼吸

岁月如同一首悠扬的牧歌

婉转而凄凉

远去的喧嚣和繁华

与今夜的诗会无关

晚风吹来
那是一段王朝的倾诉

格格的长发
如同乌黑的瀑布
飘满整个夜空，香气依旧

梅林的军队
早已穿越死亡峡谷
在冥远的天涯
仿佛战鼓雷动、骏马嘶鸣、飞箭呼啸

仰望星空，只是一种沉默的表达
今夜，是谁在王朝废墟上
畅饮一碗凉州烈酒
在古老的月光下
战马、猎犬、弯刀
演绎着英雄的豪情

草尖上的王府遗梦
如同上苍的泪珠

连绵的山峦

如同大地的嚎叫

穿越戈壁的鸟群

盘旋在王府上空

古老的萨满，是千年的绝唱

神秘的敖包，是心灵的圣塔

今夜，是谁在王府深宅

吟唱着千古诗行

四周幽静，如同埋葬的岁月

只有一只蟋蟀

站在时间树梢上

反复吟唱着一段凄美故事

今夜

一个人站在

诱人的暮色中

等待着王爷的驾到……

清明，心灵的洗礼

一

逝去亲人的悲伤早已凝固
以思念的名义为祖先祈祷
或许是唯一的选择

一个人穿越香烟弥漫的荒野
寻找祖先的住所
天空如同一只巨鸟，飞过大漠

二

每当清明来临
惆怅和哀思涌动在心头
每当踏入故土
童年和往事漂浮在眼前

无论走到天涯海角

故乡依然是温馨的港湾

无论踏遍千山万水

牵挂依然伴随在身边

以清明的名义

为远去的亲人表达一份哀思

天不老，地不荒，人依旧

以江河的名义

为尊贵的生命点燃一盏神灯

春风吹，万物生，情更浓

三

无论你行走在漫漫长路

今天请你停下脚步

倾听故乡的诉说

无论你遨游在千山万水

今天请你放慢步伐

分享心灵的洗礼

无论你拥有者荣华富贵

今天请你为远去的先烈点燃一盏心灯
祈祷天下太平

无论你漂泊在冷暖人间
今天请你为逝去的亲人点燃一支心香
表达一份哀思

清明是与死亡、怀念、悲伤有关的日子
活着，或许是对祖先、万物、诸神
唱出的最好挽歌

夜到深处

宁静与黑暗
如同宇宙的尽头
夜到深处
只听见大地的呼吸
四月的凉风
穿过山川，穿越城堡
诉说着鲜卑的故事
今夜
谁在畅饮凉州烈酒

大汗的悲歌

依旧盘旋在头顶上空

盛乐城，或许是上帝之城

与和林地图无关

重新许诺让真爱伴随你一生

总希望

时光倒流

重新设计人生的每个黄昏

总希望

童年能再回来

重新走完碧绿的麦田

总希望

爱情再来一次

重新吟唱千古情歌

总希望

所有的河水向西奔流

重新寻找大海的方向

总希望

所有的花儿开满四季

重新游荡芬芳的午夜

总希望

一个人独自穿越帝国的废墟

重新见证一条河的干枯历史

总希望

一个人站在北方的夜幕下

重新审视破碎的岁月

总希望

时间的某个角落

重新相聚昔日的朋友

总希望

流浪的路途中

重新相遇千年的知己

总希望

走进大地深处

重新摘取一朵含泪的玫瑰送给陌生的城市

总希望
所有的故事都有结局
重新书写黑夜的传奇

总希望
在那遥远的夏日里
重新阅读你那充满忧愁的日记

总希望
阳光洒满的午后独自坐在老树下
重新许诺让真爱伴随你一生

总希望
一个人一匹马一只老鹰
重新穿越古老的旷野和漆黑的午夜

血红的晚霞，如同一段凄美的故事

昔日的荣耀早已散去
无人知晓

圣主的叹息声
如同低沉的挽歌
回荡在天边

仰望天空只是一种表达
无人在意
天地如此辽阔
如同萨满的神歌

浩瀚的宇宙
是千年的沉默
永恒的时间
是万年的祈祷

今夜，诸神降临
是谁
站在王朝废墟上
眺望远去的岁月

天苍苍

勇士的传奇早已失传
无头石人

孤傲地守候着帝国遗梦

无人听见
在遥远的某个午后
骏马嘶鸣、战鼓雷鸣、怒箭呼啸
女人在哭泣

繁华已去，江河依旧
凌乱的帝国背影
在秋风中若隐若现
皇城
早已变成旅游景区

血红的晚霞
如同一段凄美的故事
飘荡在元朝上空

每当金莲花绽放的时候
有个女人
站在残垣断壁之间
眺望着无尽的黄昏
吟唱一首古老的情歌
不必多问

那是来自元朝的美丽公主

2018／2／5，写于呼和浩特

四月午后，必须约一个人聊天 (组诗)

四月，如同安达
即将整理行囊远去
寻找曾经丢失的一棵树和失踪的姐姐

五月，如同少女
穿越风沙穿越山河来到窗前
手中捧着一束鲜花
送来了一眼绿地和一片迷茫
这一切与昨日的忧伤无关

一种交替，不是想象中的那么隆重
客人尚未入席，大地开始丰满起来

四月的站台上
很多人留下来了，一起吟唱着怀旧之歌
苦涩、伤感、唯美，让飞过的鸟群也流泪
一种绝别，不是想象中的那么轻松

五月，或许尚未出演的一场戏

道具是大地、细雨、桃花树和黑蝴蝶

上演悲剧、喜剧，还是正剧

这一切与导演无关

邻家妹妹

早已穿上了丝绸裙子

像风一样，像水一样，像雾一样

点亮了郁闷枯燥的城邦

这一切与青春期无关

四月午后，必须约一个人聊天

有关开始与结束、绝望与抗争的故事

抑或去大昭寺

寻找曾经丢失的一束安宁和一把宝剑

红雨伞、蓝雨伞、黑雨伞

一场冬雨让我想起某个人，某段故事

这座城市

或许是给你准备的一本诗集

冬雨连绵，宾馆的走廊宁静一片

闭上眼睛还是能想象到你的辽阔和豪迈

阿里山的乌龙茶

醇厚中流露出淡淡的香味

这就是平川或天空的记忆

红雨伞、蓝雨伞、黑雨伞

如同一朵朵绽放的郁金香

仰望天空，总能看见凄美的倒影

那就是水鸟和湖泊的一段恋情

军舰穿越巴士海峡

中央山脉遮不住对太平洋的向往

绵绵细雨中我无法辨认前世和来世的苦难

总想一个人静静地坐在阳光灿烂的午后

等待一艘船的靠岸

这时，你的长发如同一段民国往事

一碗烈酒弹出心中的豪迈

繁华的都市，幽静的校园

站在三月的阳台上眺望远处

谁在绵绵细雨中吟唱一首惜别之歌

短暂的相遇，犹如千年的等待
一碗烈酒弹出心中的豪迈
辽阔无比的疆域，如同你我的情怀
今夜，黄浦江在诉说美丽动人的故事

大雁飞过，大江东流
通往春天的路上你我匆匆相遇
又匆匆离别
宛如一场春雨

相见是缘分，相离是宿命
我以诗人的名义铭记每个人的幸福笑容
从此你我不再孤单

没有眼泪，只有无尽的焦虑

无需追问
仿佛一个人在昏暗中游荡
仿佛一座城市在时间之外等待某个人
春雨带来的不仅是暖意，还有对冬天的告别

凝望无尽的午夜
一个人默默地感受着这座城市的孤独
彼岸在何方
疲惫的鸟群决心渡过苍茫大海
只是为了心中的岛屿

黑暗，如同一朵玫瑰，或者远去的年代
茫然、忧郁、孤单如同四周埋伏的敌军
快乐与陶醉早已谢幕
一棵树的存在改变不了季节的轮回

曾经寻找的宝剑
只是一种幻觉，或者安慰
广袤西域风沙满天
大汗的爱情如同破碎的年代

行走在大漠深处
仿佛一个人与世隔绝
一切如此简单

浪迹天涯
不仅是孤单的表达

无法抗拒命运的抉择
很多时候，黑暗是一朵怒放的玫瑰
没有眼泪，只有无尽的焦虑

总有一条路等我回首

很多年前
曾经走过那条路

很多年前
曾经怀着梦想、喜悦和淡淡的忧伤

离开故土
离开童年和熟悉的牧场
奔向远方

走过多少黄昏
走过多少豆田和旷野
寻找传说中的长发姑娘和温馨的港湾

走了很多年，大地依旧
风雨一年又一年

蓦然回首

远去的村庄、枫叶，还有一场秋雨

依旧等待着大雁飞来

鸟群、野花还有路边的老树

一直传唱着一首流浪之歌

走到何处

总有一条路等我回首

黄昏是一座古老城堡

黄昏是一首凄美之歌

黄昏是一座古老城堡

夜幕降临，晚霞的所有祈祷

渐渐消散

我依然看不到

绽放的一朵玫瑰和一座城市的历史

迷失方向的雄鹰

在天空中盘旋

我无法抵达黄昏的彼岸

四周一片宁静

恐惧如同一条蟒蛇

吞没着大地的轮廓和河流的方向

无人的荒野如同黄昏的废墟

一首古老的英雄赞歌

在天边荡漾

我依然望不到鸟的翅膀和祖先的牧场

一抹红云飘浮在窗外

一抹红云飘浮在窗外

从撕乱的笔记本上

无法找回

遗忘多年的一段故事

仰望天空依然想起

芬芳的雨季和远方的村落

一杯香茶

如同千年的往事

迷茫依旧吞没着

街道和楼宇之间的残缺记忆

远去的鸟群

不再歌唱冬天的景色

春雨即将来临

一抹红云飘浮在窗外

2018 / 2 / 6，写于呼和浩特

烈酒对天望古城 (组诗)

一

面对无尽的时空
无法找出苍穹的印记和大地的轮廓

是谁在帝国废墟上畅饮一杯烈酒
一首古老的牧歌在天边荡漾

鸟群划过群山之巅
一个人站在北方的夜空下
等待着前世的兄弟

勇士的战马飞奔在天涯
暖风吹来，那是古都的琴声
带着舞女的叹息和眼泪

辽阔的西域，如同宇宙的废墟

沉睡的巨蟒，如同千年的萨满
风沙越过嘉峪关
回望准噶尔王朝古城
依旧凄凉无边

二

站在王朝的废墟上
仰望天空只是一种悲伤的方式

北风吹不散千年的传奇
古城讲述着历史的苍茫

荒凉的西域辽阔无边
大汗的宝剑长夜无眠
今夜谁在风中呼喊

我的前世
或许是准噶尔王朝的一名勇士
曾经捍卫过这座城堡

三

多少年来，向往着穿越山川
寻找大汗的足迹

多少年来，向往着穿越时空
回到久远的年代

今夜站在古城底下，北风徐徐
晚霞如同大汗的一段爱情
美丽而凄凉

辽阔的西域，苍茫的舞台
英雄的豪情，千年的绝唱

今夜，我是手握钢剑的一名士兵
站在古老的城堡上
捍卫着大汗的尊严和爱情

北风吹来，那是一段凄凉的西域故事
古城，晚霞，诗人
今夜，悲伤和感慨在西边……

远方的城市

我曾经走过荒野和雨季的黄昏
心中充满惆怅和秋天的记忆

走在春雨淅沥的小巷
仿佛一座城市等待着夏日的降临

美丽的故事婉转而凄凉
心中的悲歌回旋在天空中

远方的城市宛如一首情歌
飘荡在风雨中
旋律如此悲伤

无尽的诺言漂浮在心中
蓦然回首
仿佛在远方
有个姑娘等待着某个人的归程

一个人的古城

一杯清茶一瓶烈酒
还有我那亲爱的战马
弓箭、短刀
还有我那千年苍苍的古城

英雄不归，皇城一片恬静
我仍然徘徊在古城的角落

烈酒对天
大地无言
心中的悲欢难以割舍
路漫漫

仰望天空
我又见昨日的诺言和一片鸟群

凄凉的故事如同死去的年代
秋风吹过
黑暗的岸边长满野花

向北方

大漠无言

晚霞依旧

我站在午夜的翅膀上

对高原、河川和美丽的姑娘唱起心中的歌

一首悲痛的老歌

埋葬了千古传奇

我的战马仍在暴风中嘶鸣

祖先的足迹烟消云散

只是古老的城墙讲述着千年苍苍

昨日的城堡一片狼藉

勇士们的鲜血染红了四季、大地和母亲的泪水

八百年如一日

天地悠悠

在北风中

一个人的古城依旧宁静

某个下午

向北走
六月的城市宛如火坑
太阳用火辣的手指抚摸着大地
凉风不知飞走何方
四周犹如沸腾的麻辣火锅
混沌无章

向北走
穿过一所小学
也穿过无数的店铺
穿过岁月河床
也穿过帝王的牧场

向北走
路旁的一棵老树下站着美丽的姑娘
穿着绿色长裙
等待着远去的亲人
乌黑的头发如同黑色的瀑布
让我想起西夏女人

让我思念帝国公主

向北走
马路上汽车缓缓行驶，人潮涌动
熟悉的路上往往遇到不熟悉的人
尊贵的可汗曾经走过这条路
苦难的庶民曾经走过这条路
鲜卑勇士在何方
路漫漫

向北走
二十年前曾经穿越草原、戈壁和黄昏
二十年前曾经穿越青春、爱情和悲伤
二十年的光影消失于何方
这座城市不回答

向北走
温馨的校园如同一杯红酒或一座古塔
无广告、无喧哗、无罪恶
让我怀念曾经绽放过的一棵紫丁香
或一个人或一丝黄昏
让我怀念一曲老歌
或一堂课或一本文学史

向北走

会议室里坐满学生

还有朋友，还有尊敬的前辈

讨论文学，依旧讨论文学

把一生的时间摆放在书桌上与文学邂逅

向北走

我依旧想念远方城市的一个人

或麦田或童年

我依旧想念曾经的邂逅

或遥远的村庄或残留的晚霞

把一生的激情拷贝到你的电脑上与你相约

把一生的才气复制到未写的诗行里

在时间的彼岸

帝国的后花园里与你相约

喝完两瓶冰露矿物质水时

夕阳已西下

2017／7／30，写于新疆

亲王府

雨中探望亲王府
或许是前世的约定

千年古树
守候着时间的沧桑
不必回首
天地黯淡，亲王远去

空荡宁静的王府
在时间的角落里
悄悄地保存着
那些人间的凄美故事

无需追问
突如其来的一场秋雨
或许是
从遥远的民国
飞来的诉说

一个人站在

蒙蒙细雨中

感受到的不仅是秋天的凉意

还有世间的悲欢离合

匆匆降临的一场雨

改变不了

大地的轮廓和季节的轮回

雨中探望王府

或许是前世的约定

2018／9／28，写于喀喇沁

阿斯哈图

克什克腾草原上有一片石林，名字叫阿斯哈图
七月的某日混杂在陌生的人群中
来到阿斯哈图
导游是穿蒙古袍的外族人

凝望远古石林
手中的相机无法捕捉到千年的沉默
阿斯哈图，或许是上苍的形状
与时间无关

蒸发的海水、飞走的鸟群不会再来
站在辽阔的大地中央
想象与阿斯哈图有关的事情
灵魂深处依然弥漫无尽的凄凉和沧桑
同行的教授们在石堆面前拍照留念
只是为了珍藏阿斯哈图的某个瞬间
与历史无关

不远处有一片草原，名字叫乌兰布统

与一场生死之战有关

康熙是终结者，从此历史被改写

胜者为王，或许是一种借口

血腥的杀场挽救不了一代英名

被砍头的不仅是噶尔丹，还有我的兄弟姐妹

乌兰布统，终结了帝国的梦想

对于我，不堪回首的草原

沧桑的石林，或许是时间的另一种形式

形状各异，不是上帝的手笔

不同的经历造就了不同的命运

一场细雨遮不住盛夏的豪情

一杯青稞酒拭不去心中的惆怅

仰望天空，只是为了忘却所有的悲伤

克什克腾，从此不再孤单

我相信我的前世

肯定是手握钢刀的一名克什克腾士兵

也曾经路过那片石林

然后把它命名为阿斯哈

2012／7／14，写于呼和浩特

大漠深处等待王者的归来

大漠深处等待王者的归来

大雁从头顶上划过

我知道那是从遥远的大都飞来的大雁

孤傲的雪山在眼前，如同上苍的画像

手中的钢剑指向何方，大汗的

江山早已化为灰烬，勇士的

长叹，改变不了王朝的命运

今夜，一个人畅饮元朝烈酒

从此无法忘掉一匹骏马的悲伤

冰冷的夜色笼罩四周

战火弥漫的年代早已远去，眺望西域

风沙满天

征途中阵亡的士兵依旧紧握着钢刀

暴风中谁在呼喊

大漠深处我依旧等待王者的归来

一滴眼泪，那是上帝的叹息

寻找圣水的鸟群早已迷路

我坚信要远行，从此不再孤单

相信宝剑的锋芒，从此不再恐惧袭来的黑暗

宇宙飞过大漠，愤怒的一条水沟

在浑浊中即将死去

雄浑的午夜

或许是一桌胜利的盛宴

我依旧等待着王者的归来

2011／9／9-2012／4／28，写于东京-呼和浩特

大昭寺的午后

与阳光、北风，还有飘落的时光一起走进大昭寺
一切安宁，如同古老的许诺
千年红墙，依然耸立，是一种信念的表达

每次面对大昭寺，坚信做一个好人
忍耐和宽恕，从未动摇
忘掉悲伤，删除欲望
从此不再孤单

大昭寺在西边，我家住在东边
很多年很多人匆匆来了，又匆匆回去了
留下来的只有住持和他的弟子们

寺院门外
有一座雕塑，坚固的像泰山一样
上面写着阿拉坦汗的名字及其叙述性简历
没有学历，也没有职称，只有英雄的尊贵
历史就这样无处不在

大汗的雕像，朝着东方，太阳升起的方向

历史的沧桑，抹不去英雄的尊贵

我知道军队和骏马早已远去

只有大昭寺的炉烟陪伴

今夜，大汗和一座城市有些孤单

2012／2／9，写于呼和浩特

大都往事

一丝暮色轻轻地飘落在书页上
这座城市渐渐融进玫瑰般的黄昏中
一切如此安然，如此温馨
仿佛一条古船在靠岸，仿佛一片树叶在落地

很多年等待了这种安详和温馨的黄昏
夕阳西下
窗户依然敞开
这时我能想象到亡国之君的痛楚

黄昏不是颜色，而更相似于一股香气
弥漫在楼道、院子、草丛和海滩上
黄昏不是忧伤，而更相似于一只巨鸟
从遥远的大都飞来

我宁愿放弃一本书和一杯咖啡的午后
以流浪的名义
再一次融进黄昏深处

一群鸟正在穿越黄昏

这是我记忆中的大都往事

这时，妃子依然是最后的挽歌

妥欢帖睦儿，我尊贵的皇帝

妥欢帖睦儿，我英明的大汗

通州已沦陷，大军逼近汗八里

恐惧犹如瘟疫般地渗透着城防

沉湎于宫女中的大汗

其实建德门是死亡之门

逃亡之路如此峻险，如此苦涩，只有大汗更清楚

漠北依然挡不住风暴的降临

死守大都，别无选择

淮王的鲜血染红了整个孤城

手握钢刀的士兵是我的兄弟

坚硬的城墙见证了大国的灭亡

妥欢帖睦儿，我尊贵的皇帝

妥欢帖睦儿，我英明的大汗

金陵使者已渡江

应昌府，早已失去了昔日的威力
王气自息，也许命中注定
千年的忏悔挽救不了一代英名

我的百姓我的兄弟姐妹，无法拯救王朝的灭亡
皇室的悲剧，与勇士无关
国家，依然是至高无上的信念
牺牲，依然是至高无上的选择

军营的长夜如同某个人的哀叹
写满忧伤的江河
呼喊谁的名字
朝廷崩溃，帝国远去
天子流落人间

历史的轮回，犹如四季的更迭
大漠沧桑
风沙也许是大地的演说方式

荒凉的戈壁，犹如受伤的蟒蛇
一群大雁，盘旋在头顶上
这是来自大都的大雁，寻找梅林的河

很多时候，哈拉和林还是一种无法忘却的符号
无头人石依然守候着古老的月夜
上都已变成旅游景区
残垣断壁诉说着风雨王朝

漫山遍野的黄花，是大地的音符
祭祀，只是怀念的方式，与成败无关
站在帝国废墟上，眺望远去的背影时，勒勒车
游荡在天边
很多时候，猎犬依然是我的思考方式

王爷的忧伤，犹如一条破船
格格的长发，比清朝的历史还长，今夜
谁在痛饮从西域运来的烈酒
这时，骏马和弯刀只是一种象征

窗外的树上，一只夜莺唱着黑夜之歌
我无法解释一场秋雨的惆怅
公主的卫士不知去向
我的王爷，我的梅林
忘记水草丰美的季节，接受钢铁都市
也是一种必要的投降

相信黄昏岸边有人

等待黎明的降临，那个人或许是我的后世

这时，我身体里流淌的不仅是浩然之气

还有西域河川和女人的哀求

万马奔腾，只是一种残缺的记忆

机器的轰鸣声，犹如美丽的彩虹

悬挂在必经之路上

很多时候，枫叶和夕阳仍旧是温馨的港湾

院子里的树木，不懂爱情

失去了所有的叶子，依然站立在北风中

今晚，决定梦回大都

2010／11／18-19，写于东京

远去的王朝

春雨中眺望首里城，有几分沧桑
脱鞋进殿，也许是对王朝历史的尊敬
黑色围墙，见证着当年的气派和霸气

红色宫殿，诠释着王权的至高无上
一代英名早已载入史册
对于游客，琉球王朝是曾经的传说

无需赞美，也无需叹气
每个王朝都与战争有关
在战火中诞生，又在战火中消亡
一切都在命中注定

皇城还在，王朝远去
午后细雨，也许是幽美的挽歌

很多人来了，又走了，如同王朝的命运

2011／3／9，写于东京

大漠孤烟

其实大漠是上帝遗弃的城堡

这里雨水只是一种奢望，或者浪漫的想象
埋葬雨季，不是上帝的抉择

记得那年有人穿越大漠时，死于途中
记得那年有个勇士把宝剑藏在这里
从此消失在历史舞台

西域，一个沧桑的名词

有时恐惧如同巨鸟，时而飞来
有时恐惧如同暴雨，时而倾盆

也许大漠依然是勇士的列传，风沙千年
圣主的军队在何方，大漠无言
今夜，我依然守候勇士的墓地和古老的月光

手中的钢剑长夜无眠，我在寻找
前世的兄弟和女友

大漠中行走，有些孤单

水草丰美的季节，与大漠无缘
匈奴的残月挂在天空中，大漠深夜
犹如死去的年代，是谁
歌唱王朝的悲歌啊，一杯烈酒
是我千年的等待，今夜我在寻找
大汗的钢剑和爱情

很多时候，沉默是一种表达
很多时候，荣耀是一种卑鄙

漫漫天涯路
一个人走在大漠黑夜，四处幽静
只有月亮和星星
证明寒冷的北风曾经划伤大地之容
这时，诗人的痛楚与上帝的痛楚等同

很多时候，大漠依然是我的行走方式
沉默与暴躁

恰好等同于我的豪迈与刚烈

无人知晓今夜的寂寥
一匹马一把剑，在月光下等待主人的回头

西域往事犹如沧桑的一部史诗
残暴与良知无法改变王朝的命运
今夜站在西夏废墟时，仿佛狼烟四起

勇士的弯刀，对我是一种方向
今夜，是谁在城堡里畅饮凉州烈酒，王朝背影
犹如遥远的残月

大漠中行走，有些孤单

2010／11／5-12／7，写于东京

大雁的传说

——致席慕蓉

一

北方是张望故乡的方向
北方是一部美丽的传说

北方是眼泪倾泻的方向
北方是呼啸而过的怒箭

二

诉说祖先的荣耀时，天也沉默地也沉默
寻找圣主的勇士时，天也无言地也无言

徘徊于王朝的废墟等待谁的降临啊
碧绿的草原早已变成一片滚滚黄沙

今夜朝拜圣主的苏力德

默默祈祷，秋风难以吹干如注的泪水

向谁诉说心中的痛楚啊
童话般的故土，早已变成遥远的记忆

今夜独自痛饮烈性的酒时
四周一片漆黑，北风徐徐

擦干满面的泪水寻觅虚假的喜悦
父亲留下的悲歌依然回荡在天边

不知沉默的河水，该向哪个方向流淌
久久徘徊于银月之下，路途依然迷茫

三

烈性的骏马，声声呼唤着无畏的主人
大海之尽头有我父亲的草原母亲的河

2010／11／4，写于东京

帝国的勇士

穿过岁月的那一片戈壁
我从古老的黄昏中走来

北风徐徐
六月宛如多情的西夏女子
迈着芳足徘徊在大地的深处
河水欢唱着一曲古老的情歌

战马嘶鸣
列国沸腾
我那温馨的晚霞在何方
我那矫情的女子在何方

曾经誓言
在时间的彼岸间
为你修建温馨的花园和碧绿的牧场

曾经许诺

在时间的彼岸上
给你搭建华丽的宫殿和辽阔的猎场

面向圣主祈祷时　我就是帝国的勇士
美丽宽广的江河　在马蹄下延绵不断

面向诸神祈祷时　我是捍卫土地和女人的士兵
是从远古草原飞来的那只雄鹰　信念依旧执着

军队归来　畅饮一杯烈酒
我仍然想着豪情的战场　枕畔的环刀依旧不眠

2009／6／28，写于呼和浩特

宝德尔石林

海水飞走　　鸟群飞走

雨季不再回来

千里草原一片风沙

站在无人的旷野上

心中充满惆怅和怀念

帝国的牧场消失于岁月的洪流中

宝德尔石林千年沧桑，探马赤草原沉默寡言

圣主的军队在何方

吉鲁根巴特尔的钢剑在风中呼啸

一只雄鹰在苍穹中盘旋

千年草原一片寂静

祖先的英名成为神话

宝德尔石林记载时间的痕迹

在无人的旷野中我等待谁　　天地悠悠

2009 / 8 / 14，写于呼和浩特

历史的伤痛

午夜如同神话
回忆远古勇士的荣耀时无需赞扬

伫立在高坡之上
眺望星光闪烁的北方
古战场的苍苍痕迹依稀可见

圣主的钢箭　破碎的山川和折断的旗杆
父亲的田野　锋利的镰刀和狂奔的马车
苍苍的历史　让满天的星辰难以放开悦耳的歌喉

谁能饮下这杯失败的苦酒
荒漠戈壁在暴风中依然怒吼

失去母亲的驼羔　在风沙中哀哀哭泣
碧绿的草地温馨的河川　已漂向何方
故乡的黄土地是否还记得我们的过去

高楼车辆以及坚硬的柏油路
宛如撕开的锦旗　在秋风中飘扬

勇士在何方
失去的土地　雨季和激情在何方

母亲啊——
请重新给予我巍峨的山脉　辽阔的草原

2009／1／18，写于呼和浩特

旅顺港

不知英雄的叹息声飞向何方
海水粼粼连绵　旅顺港在风中飘荡

脚踏埋葬死者的土地时
仿佛遥远的地方战号依然隆隆在响

沧海无言
向谁献出火红的一束樱花啊……

海边扔掉无尽的欢乐时
海鸥向苍穹翱翔

晚风吹散心中的惆怅
大炮声卷走了战火弥漫的岁月

2010／6／10，写于大连

在海边等待一条船的靠岸

苍茫的大海
蔚蓝的苍穹
一个人在海边等待一条船的靠岸

没有祝福
只有无言的期待
一座城市在海边等待一棵丁香的绽放

骏马
穿越千里草原
心中只有英雄的梦

雄鹰
飞过万里天际
心中只有浩瀚的宇宙

北边
是一座城市

犹如风情万种的一首情歌

南边
是汪洋大海
犹如蠢蠢欲动的一片草地

很多人
曾经出发的港口
我却等待丁香一样女子的归来

2010／4／1，写于大连

今夜，大海在北边

一个人在黑暗的角落里孤独地徘徊时
曾经誓言
不再写诗

一个人在荒凉的海滩上等待温馨的雨季时
曾经许诺
不再迷恋忧伤的秋月

一个人在冥远的天涯独自流浪时
曾经许诺
不再留恋凄凉的午夜

为谁重新安排人生的所有过程啊
玫瑰芬芳的午后
一座城市在海边讲述着黄昏的故事

曾经梦想
燃烬所有的欲望和虚荣

寻找远古的帝国英雄

曾经梦想
一个人远离喧哗和肮脏
在世间的某个角落销声匿迹

曾经相信
岁月的洪流会拭去所有的荣耀和快乐

曾经相信
大海的彼岸会有昔日的晚霞

曾经相信
漫山遍野的红叶总会有一天凋谢

曾经相信
遥远的故乡总会有一个人等我返航

很多年后
所有人会忘记
一个人的悲伤和无奈

很多年后

所有人会忘记
一座城市的喧哗和孤独

很多年后
所有人会忘记
一条河的名字和历史

无法忍受麻木和卑鄙
今夜　大地在南边

无法承受灵魂的折磨和生命的叩问
今夜　大海在北边

2010／3／14，写于大连

额尔古纳河

仿佛我流浪到天涯海角　无路可行
仿佛我翻阅着历史书籍　古老而神秘

额尔古纳河慢慢流淌
千古英雄不见踪影　天地无言

远处的山川　忽隐忽显
俄罗斯村落在晚风中飘动

饮一口额尔古纳圣水
敬畏如同一把刀　闪耀在心中

跪在河畔　祈祷远去的祖先
古老的传说飘荡在天空中

我想起大地、部落和无数次的残杀
岸边的花草讲述着悲壮的故事

仿佛我忘记了破碎的日夜
仿佛我走进了大地的深处

额尔古纳水从天而降
带来祖先的嘱咐　勇士的侠义

天地共饮烈酒　山川欲裂
牧歌回旋在无人的旷野中

站在额尔古纳河畔
眺望古老的黄昏时

岁月悠悠
天地苍苍

2008／9／21，写于鲁迅文学院

黑暗

穿越死亡般的寂寥
朝向地狱般的黑暗走去

孤独徘徊的天河之水
已经消亡于冥远的天际

四周的岸边朦朦胧胧
奔腾而过的马蹄声永不回返

五十五个天神依旧无言
富饶戈壁的内襟早已撕裂

谁还能够返回灰心之地
静夜中的菊花早时凋谢

人间如同严冬般寒冷
母亲的箴言漂浮在眼前

今夜　向死去的人们祈祷时
茫茫四野如同死亡一样寂静

为谁烧尽清明日
为何春风徘徊在天边

举手呐喊时苍天一片黑暗
华丽多情的黄昏如同蟒蛇

看不见过路人
愤怒的钢剑仍在风中嘶鸣

多年寻找真心英雄
却不知神奇的故土何时出英雄

流浪世间的强悍勇士
消失于时间的风雨中

悖逆奸诈获得时机又该怎样
在古寺门前久久徘徊时心依然阴寒

走进生命的旷野深渊
金鹏鸟在歌唱千古悲曲

旷野刺骨寒冷　眼中来去无人
影影绰绰的佛灯在夜风中熄灭

摧毁信念的红尘世界
不会容忍勇士的钢剑

埋没情义的沙滩上
美丽海水永不重返

狂笑奔放的小虫子
在阳光下歌唱春天

朝向黑暗行走
寒风挡不住前方的路途

芬芳绽放的金桂花
在黑暗中闪闪发光

永不妥协的勇士　永不屈膝
直到马镫脱落　行走在四周的黑暗中

2009／6／21，写于呼和浩特

思念是雨夜中的青城

思念是雨夜中的青城
在银色的月光下
乌兰夫的青城是苍天的翅膀

英雄的故事
大青山的呐喊
在风中不会消失　雨中不会消失

神奇的草原　辽阔无边
英雄的青城　是大地的雷鸣

在旧城的寺墙下
暖风中传唱的故事　是远古的青城

青城　是史诗中最难以穿越的一道高坡
青城　是一杯烈酒

小学五年级的学生　是青城

节日中的一场喜宴　是青城

深藏在寒舍茅屋里的往昔　是青城
土默特阿拉坦汗的飞箭　是今晚的青城

人民用十个指头搭建的心灵圣殿　是青城
父亲遗留给我们的一曲草原牧歌　是青城

思念中的青城
似乎离我很近又仿佛很远
渴望接近又无力触摸的青城啊

飞快的速度是青城
社区　商会　美元　立交桥　远谋的经理　是今晚
　的青城

在落叶中思念家乡的打工妹
打工妹的清贫岁月　是今晚的青城

神话般的青城　是无人抵达的深度
从天边飞来的一座城邦　就是青城

大学的第一堂课

爱情的故事曾丢失在黄昏的腹地
诗歌般的青城　是蒙古语的青城

草原的一场美梦　是青城
戈壁的一群白鹿　是青城
永远无法离别的大地和天堂　是青城

2009／1／22，写于呼和浩特

在那勇猛的鲜卑废墟上

在那勇猛的鲜卑废墟上
昔日的北极星依旧在徘徊幽叹

鸟群 偷走凄凉的思念
渐渐消失于渺远的天际

古老的皓月自墓穴中挣脱而出
端坐在亡国的废墟上呻吟哭泣

是谁 遗弃了残垣断壁的城堡
让荒野的幽静拭去心中的雾霭

视野无边空旷辽阔 暖风自北方徐徐吹来
原野荒芜村庄稀疏 古老的英雄无影无踪

冬日的瑞雪已悄然远去
大地敞开了母亲的衣襟
踟蹰在僻静黄昏的彼岸

思念起鲜卑的英雄时　天空一片安宁

远逝的雨季在门外徘徊
苍苍的历史漂浮于眼前
今夜
站立在勇猛的鲜卑废墟间　四周一片寂寥

岁月依旧茫然　威震天下的鲜卑在何方
山河破落零散　英雄的赞歌回荡在天边

脚下的黑土地沉默寡言
春草的芳香飘溢在四方
在埋葬勇士的古老草原上独守黑夜
狂澜般不可阻挡的思绪在风中飘荡

威猛的勇士悄然离去　江山依旧
破碎的城堡　无法阻挡我的眼泪

回望帝国废墟时
季节盎然春花开满大地
南征的士兵们何时归来
柔弱的女子们在翘首盼望亲人的思念中
埋葬了俏丽的青春收藏起鬓发上的花簪

苍天无语大地无语

历史的绝望在头颅之上盘旋

寻找侠义勇士的坟墓时

勇猛鲜卑的犽齿箭在风中呼啸而过

拓跋鲜卑的南迁之路

战旗猎猎　号角声声

骏马嘶鸣　猎犬狂叫

手中的钢剑发出寒光

山峦连绵水流悠悠故土在天涯

鲜卑的女子如同明月

守着黑夜吟唱着悲伤哀婉的曲子

鲜卑勇士们如同苍狼

坐在大地的彼岸迎着腥风豪饮着皮囊中的烈酒

风雨万千

鲜卑铁骑穿越长城

战鼓隆隆

长鬃烈马如同奔泻的山洪直奔天际

愤怒的锋剑闪着寒光

漫天尘埃蒙蔽着日月

圣主的士兵如山间的林海

黑血喷溅凝成奔涌的江河

骁勇善战的鲜卑勇士落马他乡

用傲然的白骨守候着那片土地

鲜卑的战旗飘扬在遥远的天涯

列国屈膝拜在无畏的鲜卑脚下

回望繁华的盛乐城时

远去的勇士英雄的赞歌在风雨中不会消失

温柔娇情的鲜卑女子们

从未遗弃过帝王的军队

春雨轻敲竹韵的黄昏里

盛乐城开满芬芳的花儿

勇猛的鲜卑自苍天降临

不曾消失于历史的舞台

飞驰的车马闪电般的兵器

与茫茫岁月一起融进苍天

融进辽阔的疆域融进我豪迈如风的血液

今夜

思念起勇猛的鲜卑时

高贵威严的盛乐城在风中若隐若现

帝国将领如同铁壁铜墙

仍旧捍卫着故土捍卫着尊严捍卫着永恒的鲜卑

2009／4／3，写于呼和浩特

古寺

走进古寺
炉烟拂雾

古老的钟声
让我想起久远的岁月

仰望天空
渴望生命的美丽和无限

我以诗人和烈士的名义
祈祷众佛

愿秋风
吹散所有的苦难和忧伤

年迈的高僧如同一卷厚厚的经书
依旧安详　使我忘却昨日的伤痛

轮回的宇宙　无尽的苦难

这座城市和我一起祈祷

千年骄阳　依然美丽

犹如祈祷的一朵玫瑰

寺院红墙　阒然无声

安静的如同古老的黄昏

行走在喧闹的城市　生命如此安然

佛在心中

2008／10／14，写于鲁迅文学院

伊豆半岛

海风吹来，那是一段有关水的忧伤

川端康成，这位文学巨人
或许是通向伊豆半岛的案内图
伊豆舞女，纯真年代的代名词
很多时候，爱情依旧山崩地裂

古老岩石
孤守着大海的沧桑
海鸟早已习惯于风浪中翱翔

水和土
交融的地带，是我千年的等待
今夜，伊豆属于一个人
站在太平洋岸边，慷慨如同巨鸟
人生几何时，青山依旧

重游伊豆，或许是今生的最大安慰

一场秋雨，一场梦
大海落日，大地苍茫

今夜，伊豆如同美妙的音符
与爱情无关
下田市沧浪中等待着远征的船队
来来往往的私家车讲述着大海的眷恋

披着淡淡的余晖
穿越恋人岛，或许一场情感的探险
一杯咖啡，重温着昔日的记忆
迷人的黄金岬，演绎着夕阳的传奇

海风吹来，那是一段有关水的故事

2011／9／20，写于东京

落叶归根，倦鸟回巢

落叶归根，倦鸟回巢，又是一个深秋
隔壁房间搬来了一个法兰西青年
让我想起阿尔卑斯山
巴黎圣母院以及欧洲债务危机
深秋如同一首流浪之歌
操场上的棒球训练仍旧火热
呐喊声、欢呼声，此起彼伏
诠释着青春的朝气，与深秋无关

黄发飘逸的女子，多日不见踪影
也许早已回国
只有校园的古树
依然坚守着岁月的沧桑

海风吹来，只是为了惜别的夜晚
一个人漫步于幽静的小路上
四周的草丛中，蟋蟀
反反复复吟唱着一首惜别之歌

在悠扬的吟唱中东京夏日渐渐离去
仰望天空，一轮明月依然守候着午夜的孤单

早已提交了研修报告
大使馆，已经准备好了回国机票
昨晚，王长青、朝克来过宿舍
有一种伤感油然而生，一切在路上
815研究室即将成为记忆，冈田和行教授
让我重新懂得这片土地的沉重

漫长的暑假
考验着一个人的耐力，午后的图书馆
犹如天堂的角落
宁静中阅读美妙文字，与古人对话
或许前世的因缘

夕阳西沉，余辉抚摸着东京塔
黑夜降临，多摩川渐渐黯淡
面对内心的诉求，才发现自己依然是诗人
今夜，东京属于一个人，与王朝无关
落叶归根，倦鸟回巢，又是一个深秋

2011／9／15，写于东京

银座

银座，日语中叫ぎんざ

让人联想无法阻挡的华丽、高贵和纯洁。

从多摩出发，搭乘西武多摩川線

在武藏境换乘JR中央線快速　東京行，抵达神田

然后再换乘東京メトロ銀座線　渋谷行，就会抵达

　　银座

鳞次栉比的楼堂馆舍

风格各异的酒吧、歌舞厅

千奇百怪的户外广告牌

豪华高档的百货店、咖啡屋

让人眼花缭乱

银座，还是与富人有关，与银票有关

江户时代的银币作坊

如今成为世界三大名街之一

八月的东京酷暑难熬

高温、闷热，如同电视连续剧

鸟群和花草无处躲藏

渴望一场细雨的到来，也许是一种奢望

电车穿梭于楼宇间

银座，如同一颗明珠，散发着耀眼的光芒

银座，文明的传奇，四处洋溢着现代气息

清风吹过，那是江户时代的背影

幕府远去，银座还在，武士还在，记忆还在

携带的相机

记录着时间的痕迹，镜头触摸过的地方

必定心在触及

仰望天空，千里无云

行走中央步行街，也许一生一世的邂逅

掠过银座，是前世的欲望

没有忧伤，没有孤独，爱人在身边

很多时候孤单来自某个人

某个事，或者某段经历

与城市无关

路边的树开满花朵

干净整洁的馆舍，如同艺术品

抑或一段幽美的曲子

一个人用一年的时间
守候一座都市的喧嚣和孤独
或许无法逾越的约定

府中市朝日町
也许记不清来来往往的过客
花开花落，又是一个深秋
一切在匆忙中开始，又在匆忙中结束
如同王朝的命运

银座，虽然没有富士山那样雄伟壮观的
自然之美
也没有京都那样深邃久远的
历史之重
也没有冲绳岛那样逍遥浪漫的
大海之瀚
更没有伊豆半岛那样悠然淡定的
大地之静
银座，还是与西洋文化和现代有关

高楼林立，涂满了理想的色彩

帅男靓女满街走

服装首饰色彩斑斓

银座，还是购物者的乐园、步行者的天堂

咖啡馆、画廊、酒吧、歌舞厅、教会

鳞次栉比

银座，现代与传统的交响曲

那天，和爱人一起去了银座。

2011／9／5，写于东京

星期日，或者无主题日子

午后的阳光宛如一段曲子
凄凉且幽美
打开窗户
依然看见远方的树林、山脉和洁白的云朵

仿佛一个人消失于世界的尽头
一切如此黯淡且宁静

一杯咖啡，或许是一段往事的回忆
与天地无关

星期日，可以去图书馆查阅资料
寻找消失的王朝

星期日，可以去附近的公园散步
享受秋日阳光的温馨和孤单

星期日，可以坐电车去探望友人

分享岛国的所见所闻

星期日，可以给远方的亲人打电话
诉说生活中的点点滴滴
以外来人的方式度过外来人的岁月

人生，或许是漂泊的旅程
时而平坦、时而峻险、时而无聊

花开花落，是季节的轮回
仰望星空，是孤单的表述

一场夏雨，何时再来
独自坐在黄昏深处
依然想起宝剑、勇士以及骏马奔腾的年代

写满荒诞故事的午后，或许是对历史的反讽
乌鸦飞过窗前，让人想起鲁迅的小说
午夜，是一种焦虑

背叛，不一定是最后的选择

勇士的宝剑长夜无眠

受伤的雄鹰，来自遥远的帝国

放弃是一种沉默
怀念，只是一种对死者的安慰

东京夏日，或许是一本男人的故事

2010／11／16-2011／7／24，写于东京

午后，一本诗集

一个人静静地坐在午后阳光下
翻阅一本诗集
一切如此简单、宁静、温馨和淡定
仿佛倾听天籁
仿佛独自漫步于黄昏中

很多时候，诗还是心中沉默的金子
抑或至高无上的佛珠
与梦想和美丽有关

向往崇高，废弃沾满泥泞的玫瑰与黑夜
或许是痛苦的抉择

放弃诺言，不一定等同于绝望
远离喧嚣，逍遥于天边的安宁
或许无法实现的奢望
午后的阳光
如同温馨的文字，洒满于窗台、草坪和街道上

与诗相伴

或许是无法逃脱的宿命

2011╱3╱9-7╱12，写于东京

樱花树下

樱花树如同女子列传

和风

总是飘飏于天涯，让人联想远去的童年

一位半岛女子

在某个黄昏里永远深睡于樱花树下

从此樱花树年年芬芳于大地中央

赏花人都是过客

每当晚霞用柔软的手指头抚摸大地时黄昏降临

此刻的东京犹如美丽女子一样

沉浸于淡淡的忧伤中

柔和之水、温馨之水、秀丽之水

都与女子有关

相信樱花树绽放的季节是那个女子最美的时刻

我知道飘逸的海水早已飞逝于远方

眺望南方，伊豆半岛如同美丽女子一样婀娜多娇
永不泯灭的大海蓝梦
如同樱花之香

梅雨飘飘
古都的六月清澈透明
如同思念之音

漫步于古巷中，犹如等待某个女子的到来
幽静的咖啡屋
如同一首古曲

一轮残月依然幽远
大地无言
此刻一切犹如女子列传一样充满悲情

2011／6／29，写于东京

不许修辞诗人的悲伤

不确定性与反讽之间
都市午夜渐渐离去

从此很多人开始确认大地的身份
边缘化与焦虑之间
无法找到一只乌鸦的合法性

中心广场不在于中心地带
喧嚣与杂乱往往遮蔽一个人
或者掩盖一座都市的孤独

从何谈起非主题性爱情啊
一切在剽窃、篡改、拷贝中重生，抑或延续
不许修辞诗人的悲伤，或者一段古墙的经历

在黄昏降临之前
重新设置突围路径是很有必要的
很多时候，生命基因就是一部手抄本

字迹歪斜并不影响内容的连贯性

樱花绽放，不只是为了温暖的春日
不同版本的快感、刺激
或者破坏如同局部发生的战争
不能重新编辑爱恨情仇的格式
工具栏里找不到相应的命令
这不是设计者的过错

身份与性别问题依然困扰着整个午后的姿势
组合，或许是最恰当的介入方式
芬芳的花季，或许是女权主义的表象
无需宏大叙述
整个午后，在怀疑与误读中走进解构程序
卑鄙的不仅是欲望
还有虚伪的崇高和合法性掠夺

天与地，是并列结构，无法交叉和重复
很多事件真的无可避免
穿过僻静的村庄时，黑夜是一艘破船
颓靡、荒诞中找不到严肃的地平线

无序的混乱中谁抹杀了夏季的激情

意义，如同落尽叶子的一棵树
在寂寥中歌唱英雄主义的挽歌

鸟群飞过太平洋，也许对勇士的悼念
一杯咖啡，拭不去多日的审美疲劳
巧克力，还是甜蜜爱情的象征
散发着往日的芬芳

阳光在图书馆草坪上赤裸裸地躺着，充满诱惑

2011／3／11，写于东京

浮躁的一代

旧诗稿，总是与过去的人和事有关
每个文字，每个音符都隐藏着
纯情的黄昏

翻阅旧诗稿，仿佛又回到
岁月的尽头
没有仇恨，没有失落，更没有绝望
浮躁的一代
总有诗情画意和豪言壮语

想入非非，也许是纯真年代的标签
没有谎言，没有邪念，更没有罪恶之感
浮躁的一代
充满英雄主义和理想色彩

未成熟的傲慢
总会带来不安和不满
妄想和迷茫，包围着整个周末

不相信前程似锦

不相信天是蓝的

不相信黑暗尽头是黎明

不相信苦海彼岸是极乐世界

茶舍、电影院、周末舞会、街边台球

那段岁月的全部浪漫情怀

弗洛伊德、萨特、尼采、黑格尔

那段人生的全部时尚元素

篝火晚会，豪情万丈

载歌载舞，也许是怒放的形式

2号楼205宿舍，演绎着花样年华

达赖、乌力吉、赛音白拉已经成家立业

宝成、吉日嘎拉图、苏日塔拉图、韩波

是否还记得那段岁月的点点滴滴

每天早晨

爱情鸟在树梢上歌唱着大地之歌

偶然发现

泰戈尔是我前世的诗友

从那天开始我就学会了写诗

三毛、琼瑶、席慕蓉的文字

唤起我多年的憧憬

很多时候

李白的月亮、杜甫的茅庐

才能容纳我无处躲藏的忧伤

向同班女生借饭票

虽然不光彩，却常常发生

给上届学姐送信件

虽然不明显，却常被发现

校园生活

快乐如风一样

周六的吉他声，悠扬且伤感

女生宿舍，如同格格的闺房，神秘且遥远

神话般的爱情，甜蜜且苦涩

简陋的蓝村餐馆

诗友聚集的营地

啤酒是冰冷的，内心是火热的

从浮躁走向沉默，人生如同无尽的苍茫大海

2011／6／2-5，写于东京

东京地铁

很多人来之前，路线早已设定
中央线、京王线、山手线，不仅是出行路线
也是一种思考路径
纵横交错，是繁华的表象
高楼林立，是钢筋水泥的舞姿
对于我，东京地铁是轮回的象征
在轮回中起点就是终点，终点又是起点

来东京，坐地铁，很必要
入口与出口之间，电车在奔跑
从多摩到武藏境，从武藏境到新宿
很多时候与陌生人同行

从陌生到熟悉，从熟悉到热爱
这座繁华的大都市
犹如世界一样古老
犹如少女一样靓丽

很多时候，通过地铁

东京与我发生关系

多摩和飞田给

离我最近的两个站点

如同我的亲戚

对于我，东京是从这里开始的

很多时候方向是陌生的

目的地也是陌生的

对面坐的那个人更是陌生的

唯一熟悉的是窗外的阳光

与故乡的阳光酷似，温馨且散发着迷人的香气

电车每次进站

很多人下去，要结束行程

很多人上来，要开始行程

天天如此，年年如此

就这样，生活在反复和轮回中延续着，如同反复阅

读的单词，抑或复制品

在相似的反复和轮回中

很多人送走了激情和青春，还送走了单纯和善良

能留下来的只有绵绵的回忆

车票是路线，抑或距离

从入口到出口，如同人生的旅途

选择各停、快速，抑或准急行和急行

结局是相同的，只是形式和速度不同

很多人总是带着公文包、时尚杂志、故事本、IPAT

还有带着疲惫、茫然、想象力和爱情上车

我却带着电子词典、路线图，抑或带着一份清晨的
　喜悦上车

就这样新宿、池袋、东京大学、东洋文库与我悄悄
　地发生关系

2011／5／12-14，写于东京

秋夜

芬芳的秋风徘徊于天涯

无需追问

凝望远方，一切如此寂寥

一轮明月

如同童话中的大雁

飘落的红叶

犹如思念中的音符

朝日街区依旧宁静

偶尔行人穿过

孤傲的花儿

为何绽放在寒风中

仰望天空，也许是孤单的表达

今夜，为谁举起烈性的酒杯啊

一时的豪言壮语与陌生的城市无关

今夜，无需伤感

有一艘船漂泊在大海尽头

秋季远去，冬季来临
相信每棵树
都能听到冬天的脚步
不必怀疑北风带来的寒意

幽美的蝉声
早已销声匿迹
留下的只有残缺的记忆
远处的山峰
在晚风中忽隐忽现
飘渺不定，对于我也是一种安慰

知己在何方，大地依然沉默

2010／11／13-2011／5／12，写于东京

古墙

面对古墙，我是手握钢剑的士兵

古朴且坚硬
古墙，很多时候就是王朝的一段历史

暖风徐徐，春雨蒙蒙
战火远去，王权早已崩溃
古墙，依旧守候着王朝的废墟
古墙，很多时候就是一种坚守

很多年后
很多人带着相机
从千里之外匆匆赶来
古墙脚下
惊叹、触摸、拍照古墙的残垣断壁
证明自己与古墙有关

面对古墙，我是手握钢剑的士兵

2011／5／8，写于东京

安宁

安宁是飞逝的天堂废墟、佛祖的默思

安宁是净化过的自由、宇宙的边缘

安宁是覆盖一切的鸟的翅膀、雨的季节

仰望天空，天无止境地安宁，如同古老城镇

俯瞰大地，地无与伦比地安宁，犹如宝木巴圣地

推开门扉，清风徐徐吹来

皇城时而沉浮于风的芬芳中

小鸟的叽喳声犹如粼粼溪波，淙淙作响

淘气且晶莹、活跃且纯净

生命宛如无止境地延续，望不到边境

庭前久久徘徊的樱花季节是一种安宁

漫溢的草味似乎在静静地流淌

童年、勇士的钢剑、西域广袤的沙漠在记忆里穿梭

金色的黄昏是一种安宁

透过窗棂富士山在遥远的天边呈雪白色

追忆遗留的岁月富士山依然是安宁

不知是谁偷去了恐惧与不安

一切过后大地是永恒的安宁

安宁是宇宙的姿势、对无止境的思念

安宁是我的草庐、今夜的月光，抑或岛屿

安宁是虚无之疆、宇宙之源、我陷落的极乐世界

2011／4／30，写于东京

冷剑

谁在唱着孤夜里轻挽的歌
对坐在北方的黄昏　荒野依然静谧

谁在匈奴的废墟里徘徊等待
东方的银月在遥远的地方照耀

英雄的赞歌不会在雨中、在风中消散
阴沉的天空下骏马在尽情地嘶叫着

秦时城墙汉时月
望不到那幽静旷野的尽头

犹如锐锋在太阳下闪烁　生命的刹那
犹如快马在风中疾驰　荒诞的梦

王朝大军已远去
碎瓦陈砖叙述着历史

在无垠荒漠中行走并不孤单

望着绵绵细雨不再追忆往事

勇士的冷剑是我的方向

向不复重来的岁月祷告又是为何

2010／11／5-2010／12／8，写于东京

太平洋

无法控制对你的向往和迷恋
蓝色的太平洋，蓝色的孤独
犹如沉默的思想者

或许很多年前早已注定
从万米高空俯瞰水的姿势
就像今天的旅行一样
在向往中开始，迷恋中结束

白云飘来，不仅是为了表明风的方向
横渡太平洋，也许是前世的想法

很多时候，太平洋还是充满诱惑的女子
不知为何，仰望天空，却看到大地的伤口
今夜，默默地对太平洋祈祷
也是一种灵魂的安慰
我知道大海的彼岸有我的祖国和亲人

在到达目的地之前

有必要重新想象那片海的景象

在某个时间段里，太平洋或许是上帝的一滴泪

与忧伤无关

2011／2／22-24，写于东京

宝剑

诸神返回天庭，大地有些苍凉
谁来捍卫混乱的秩序啊，山无言水无言

黑夜降至，恐惧降临
有必要准备一把宝剑
金光闪闪，锐气十足，高贵纯洁，永不妥协，所向
　披靡

对于我，宝剑是一种信仰

寒风刺骨，这是冬季的全部历史
或者最后的抵抗

西域勇士说，行走江湖，有必要准备一把宝剑
与复仇无关

很多人黎明前已经出发，寻找心中的宝剑
征程险恶

恐惧此起彼伏

西域勇士说，若有手中一把宝剑能抵挡十面埋伏的

　　黑暗和敌人

对于我，宝剑是一种方向

很多时候，正义和邪恶并存，光明与黑暗同行

有必要准备一把宝剑

宝剑，还与勇士的荣耀有关

　　　　　　2011／1／31－2／1，写于东京

谁在风中呼唤

谁在风中呼唤

鲜血染红天际

我知道争夺领土和王位的战争早已结束

勇猛善战的特洛伊勇士

早已失去了手中的钢剑

有关倾国女子的笔墨如此凄凉

眺望西域，苍凉大地一片寂寥

谁在嘉峪关烽火台上等待远去的军队啊

一碗烈酒犹如一首生命的凯歌

匈奴和鲜卑，与我的祖先有关

当年的盛乐城

早已成为我工作和学习的地方

仰望天空，不仅是绝望的表达

还与悲伤有关

鸟群划过天际
那不是移动的风景
寻找安乐岛
有时付出生命的代价

漫长的黑夜如同一部手抄史书，某些片断模糊不清
生命的孤芳无需安慰

在泥泞的路途中我们依然是结伴而行的安达
无尽的叹气，早已埋没了昨日的辉煌

今夜，谁在风中呼唤
荒凉西域，辽阔无边
一匹骏马的列传还是与战争有关

2011／1／9-20，写于东京

金阁寺

很多时候，安宁依然是来自于内心

面对千年古寺，一切如此安宁
眺望北方雪山，心境如同辽阔大地
仿佛忘记了所有的信念和伤痛

我以江河的名义，为生命的尊严祈祷

脚下的土地如同万卷经书，金阁寺
还是与安宁有关

时空交错的角落
生命仍然是未知的过程，来去无影
今夜，一个人的祈祷和一座古都的宁静同样值得
　珍藏

面对金阁寺，销魂夺魄，一切寥寥无语
只有雪花

轻轻地飘落在树梢和古刹上
仿佛一切正在开始，仿佛一切正在结束

回望来时路
心中总有感恩和宽容
相信佛光照耀的地方有安宁的存在

面对华丽高贵的禅寺，在黎明破晓之前
必须接受世间的无常和生命的短暂

眼前的花草、庭院和古刹
也许是时间的一种表达方式
仿佛一切始于无，仿佛一切终于无

浩瀚的宇宙
从来没有人抵达过彼岸
今日的信念也许是明日的讽刺

很多时候，金阁寺依旧与时间有关

2011／1／13-14，写于东京

富士山

富士山是上帝的姿势

安详而豪迈，永不动摇，这正是我所追求的品性

隔着所有的河川眺望一座雪山

隔着所有的季节眺望一座雪山

也许是生命中最美的时刻

面对雪山，总有一种神往和敬畏

雪山，也许是纯洁无瑕、超凡脱俗的一种注释

用一天的时间来观望一座雪山

用一生的时间来回忆一座雪山

也许是与一个人的向往有关

面对雪山，总想说出内心的茫然

雪山，也许是我多年寻找的那片净地

与来生有关

冬雨，拦不住视线

从蔚蓝的海岸眺望一座雪山

从金色的麦田眺望一座雪山

也许是前世的愿望，与政治无关

整理完有关富士山的记忆后，决定远行

寻找武士的钢剑和失落的城堡

从此一个人不再孤单

2011／1／6，写于东京

图书馆

很多时候，图书馆仍是一座充满诱惑的时间港湾
或者沉默的宝藏
我总是在午后到来

静如水
文字，对我依然是一种诱惑，或者宗教
藏在文字背后的那个人，也许是等我千年的人
没有问候语，只有前世的约定
很多时候，图书馆仍是一条穿越时空的隧道
我总是在午后到来

密密麻麻的文字，也许是生命的光芒
邂逅一部书，也许是今世的修炼
隔着文字，与古人相望，对于我是一种圆满

倾听遥远的诉说，翻阅千年的往事
很多时候，图书馆仍是一座温馨的岛屿
我总是在午后到来

2010／11／19-12／23，写于东京

东京不相信诗人

其实不必那么早起床，有时清醒与迷茫是同一个词

大地、树林，还有幽静的朝日街市
从黑夜的腹地匆匆逃出来
太阳仿佛恋爱中的情人，有些柔媚、有些温馨、有
　些缠绵
这时，柔光是一种语言，抚摸着被遗忘的伤痕

星期日早晨从一杯香浓的咖啡开始
昨日成为历史
灿烂的阳光埋葬了黑夜，成为黑夜的坟墓

路旁的树叶飘落在朝向图书馆的路上
每片叶子诉说着夏日午后的故事
这是秋季惜别的方式，与图书馆无关

操场上聚满了人群，犹如王朝的军队
每天早晨，在呐喊声中棒球训练开始

一场游戏让人联想拼搏

青春不会再来
很多年前的感慨依旧盘旋在脑海上空
我怀念我的青春
简单得如同我做的饭菜

依旧向往遥远的岁月，抑或元朝的月夜
假如我在金戈铁马的年代
宁愿当一名无畏的勇士
假如我在战火弥漫的年代
宁愿当一名勇猛的将领

雄鹰是翱翔的姿势，对我是一种向往
骏马是飞腾的方式，对我是一种安慰
手中的钢剑长夜无眠，对我是一种态度

捍卫大地的尊严如此艰难
鸟群划过天际，北风徐徐
无人问津一只鸟
在穿越黑夜寻找光明的路途中死去

总幻想在世界的某个角落有人等待春暖花开

总幻想从遥远的地方有人寄来电子邮件

诉说大地的痛楚和安达的婚礼

仿佛一片叶子飞进大海，无声无息

仿佛一滴清水蒸发在空气中，寥寥无几

唯一找到我的线索，東京都府中市朝日町3-11-1

悠扬的民歌能证明

会馆里一个人以草原的方式度过陌生的岁月

诗歌是纯粹的奢侈品

只属于某个人，抑或某个黄昏的孤独方式

东京，不相信诗人的谎言

一股寒风吹进屋里

抚摸着书桌上的乡愁和日历

冬天的降临是必然的程序

上帝设计的程序不必更改，抑或删除

乌鸦的叫声

让我想起荒凉的墓地

是否这只乌鸦从鲁迅小说里飞出来

诅咒黎明

满山红叶不仅象征爱情

更适合于孤单诗人的诉说方式

钢铁市井不相信温柔的表达

很多年前的一片红叶依然散发着

芬芳的气息

因为，这片叶子与思念和爱情有关

大西北，折断了翅膀的巨鸟

身上的伤口疼痛了千年，故乡的方向

总会带着苦涩的味道

曾经流过眼泪，为那片土地祈祷

曾经发过誓言，为那片天空求安

走过千山万水

总会有一根隔不断的红线从背后呼唤

我的名字，从此每天傍晚隔着大海

眺望遥远的天际

网页与网页的链接是一种邂逅

有关沙丘、树林、草丛的记忆与这座城市无关

只有点头和微笑是校园里通用的交流方式

一个诗人的流浪和痛楚，与这所大学无关

一楼琴房，总会有人弹出悲凉的曲子
悲凉的琴声，也许是今晚的宗教
漫长的黑夜，是这座城市的背影，抑或一段历史
黄发碧眼的女子，也许是今晚的一部英文小说

宁静的午后，让人忘掉自己的存在
仿佛时间在凝固
宁静的午后，犹如浩瀚的海域，无岸边
仿佛大地在融化

闭上眼睛
能听得到楼兰美女和西夏王朝的呼吸
闭上眼睛
能看得到匈奴勇士和倾国女子的午夜

会馆的早晨，也许是傍晚
工作与休息，对我是同样的名词
牛奶与咖啡，不仅象征东方与西方，也是一种文化
　认同
对于我，是时间和空间的历史

日复一日
海在南边，山在北边

海与山的距离恰好等同于我的忧伤

一顶黑帽子，也许是一个人的全部历史

投了硬币，走廊里的洗衣机才能转动

不投硬币，走廊里的洗衣机就不转动

投多少转多少

这是洗衣机的存在方式，也是这座城市通用的规
　　矩，必须遵循

很多时候，午后依然是多情的女人

走进图书馆，才知道自己的身份：外国人研究者

模仿先驱们的姿势，做一回思想者

午后阳光仿佛柔软的绸缎，抚摸着满地落叶

我不仅懂得了感恩，还有付出和回报

一个人的孤单不等于一座城市的孤单

东京，不相信诗人的谎言

飞速的电车，必须有固定的轨道

很多时候，生命的历程充满悲壮的色彩

相信凋谢的花儿曾经拥有过芬芳的往事

其实武藏境不远

仿佛两个名词之间的距离，吉祥寺的深夜

街头歌手在吟唱流浪之歌

没有英雄的年代

只想做一名流浪者，也是对时间的尊重

曾经模仿市民

在武藏境超市买过菜米

曾经模仿思想者，与朋友谈论人类学诸问题

大海与陆地，白天与黑夜，是一种距离

正好等同于我对爱情和文学的思考

迷路的鸟群划过天际

很多时候，寻找故乡也是一种艰难的历程

向北方，大漠无言

受伤的雄鹰反复诉说着昨日的辉煌，命运又是一朵

　　恶之花

中央线，正好穿过东京的心脏地带

仿佛飞腾的血脉一样

仿佛思念穿越心灵的荒野一样

坐中央线，寻找曾经丢失的钥匙

畅饮一杯烈酒，决定远行

这时，东京不相信诗人的谎言

2010 / 11 / 14–16，写于东京

东京之秋

树叶在秋风中飞扬
名古屋月色依然遥远

清风从海面吹来
我依旧相信渺远的天边必有知者

眺望北方　富士山在云雾中影影绰绰
满山红叶无法表达思念之情

倾听悠悠蝉声　惆怅在心头
我依然相信水一样的一位女子在天涯等待

幽静凄美的秋夜　故土在远方
我看见丁香的芬芳飘满了海岸线

每晚　散步在僻静的朝日街时
渺茫浩然的海港犹如一首天籁之音

——

我依然相信雨季再来
等待幼嫩的樱花再次绽放

今夜　东京之秋如同伤感宁静的心境
今夜　名古屋月色如同凄美惆怅的思念

2010／10／18，写于东京

明月千里寄相思

遥远的天边有一轮明月

今夜　心如止水

秋风徐徐

北方依旧荒凉

昨日的细雨未能拭去心中的郁闷

今夜

我把明月送给谁

天空依旧悠远

绽放的秋菊在风中翩翩起舞

香气溢满大地

我依旧思念心爱的女人和大地

每当举起离别的酒樽时

安达的祝福犹如千金

今夜　太平洋在东边

海岸线犹如一棵相思树

美丽的岛屿在天边缥缈

穿越时间

打包所有的悲伤和欢乐

我要远行

明月千里寄相思

擦干热泪

我要流浪至天涯海角

2010／9／22，写于呼和浩特

宁静的夜晚

这个夜晚很宁静，宁静得犹如一杯红酒
或者某个少女的忧伤
有人在读书，有人在上网
也有人在东门餐馆或者西门餐厅喝酒聊天
还有一些人在草坪上，或者湖边谈情说爱
还有一些人在月光下漫步
思考毕业论文，或者就业问题
往事如烟，多么希望宇宙在夜色中凝固
如有可能，将古老的黄昏划拨给某个班级
或者献给远去的岁月
这一切与我的办公室无关

这个夜晚很宁静，宁静得犹如远古的城堡
盛乐城早已失去昔日的辉煌，帝王的
江河仅存于史书中，历史系的教授曾经考证
历史是埋葬英雄的坟墓
春风如同格格的长发，飘扬在和林格尔上空
我知道曾经丢失的一把钥匙就是元朝大都

鸿雁飞过千里江河

春雨何时来，窗外的一棵桃花树等待着

怒放的瞬间

这一切与午后的两节课无关

这个夜晚很宁静，宁静得犹如沉默的大海

日记本上的

一声叹气来自王爷的苦闷

王朝远去

多年的风雨中依然找不到清澈的一条河流

或者一座城市的纯真岁月

远方朋友寄来的樱花树照片，让我想起

宁静、纯洁和淡雅

一束余香宛如千年的绝唱

很多年讲授了文学史

一年又一年，一届又一届

很多年寻找了大汗的爱情和宝剑

荒凉的西域风沙满天飞

人生如同一杯清茶，平平淡淡却真真切切

这一切与今晚的值班无关

2012／4／18，写于盛乐城

深秋是一座伤感的城市

清晨的阳光犹如一段清澈的回忆
宁静的城市宛如一篇幽美的诗句

鸟群划过天际　树叶飘满大地
一个人依旧等待着远去的岁月

秋风吹过千里　山川依然秀丽
今夜　深秋是一座伤感的城市

2010／9／14，写于呼和浩特

149

无极

翻阅温馨柔美的午后
长满叶子的一棵树在风中飘扬

送给谁破烂的诗稿啊
我看见一只红鸟在头顶划过

一个人流浪到天涯海角
依然闻不到幽静的桂花香

穿越皆空　依然皆空
攀越无极　依然无极

生命是一首绝望之歌
一切开始　又结束

2010／9／2，写于呼和浩特

思念是今晚的颜色

思念是今晚的颜色
我以大地的名义送给你所有的快乐

你是大地深处的一片森林
一首千古情歌

思念是今晚的方向
我用大海的名义送给你所有的祝福

你是大海上空盘旋的海鸥
一座美丽岛屿

思念是今晚的翅膀
我以苍天的名义送给你所有的祈愿

你是苍天花园中的一棵紫丁香
一泓万丈碧流

2010／8／29，写于呼和浩特

深秋

深秋是悲伤中的一座童话城市
深秋是长发飘然的大海之女

深秋是尚未完成的一组诗稿
深秋是战败逃亡的特洛伊勇士

深秋是伤心回首的女人眼泪
深秋是遥远帝国的破烂古寨

深秋是远去童年的苦涩思念
深秋是格日勒胡亚嘎哥的尚未收割完的火红的高
　粱田

深秋是某年的大学录取通知书
深秋是渡海东去的一个人的叹息

深秋是草香飘满的戈壁黄昏
深秋是豁口生锈的古代勇士的锐剑

深秋是无法计量的诗歌情怀

深秋是无限向往的美丽少妇的飘逸长发

深秋是情深意满的一杯红酒

深秋是永不褪色的一首情歌

深秋是打败返乡的故事母题

深秋是尚未结束的一部蟒蛇传

2010／8／25，写于呼和浩特

有一种思念没有颜色

有一种思念　没有颜色

有一种期待　没有结局

在戈壁深处

倾听大地的呼吸时　大海依然蔚蓝

在山谷腹地

倾听苍穹的沉默时　雨季依然遥远

今晚为谁唱出心中的惆怅啊

迷路的驼羔　在茫茫的沙漠里寻找回乡的路

今晚烈酒拭不去昨日的忧伤啊

受伤的小鸟　在黑暗的暴风里寻找宁静的港湾

无法表述生命的凄凉　天地依旧苍苍

我用陌生的方式等待熟悉的轮回

有一种思念　没有颜色
有一种期待　没有结局

2010／8／2，写于呼和浩特

永恒的一盏灯

想念你的时候
我依旧眺望东南天空写诗

你是永恒的一盏灯
把自己燃成香火的夜晚
你是漆黑的海岸

门外树叶渐渐飘落
这座城市
秋天的降临是一件寻常的过程
所有的叶子
悠悠地飘满了我的昨日和我的爱情

所有的街道口
宛如中午喝过的酒瓶一样空荡荡
我在所有街道口等待你
你是上苍　或一曲幽美的琵琶声

含泪写成的诗篇送你时

每个文字

都是朝向生命方向拍翅的金鸟

哎——

我是从高原风中飞来的一只手臂

青春是所有追问的答案啊

路过客栈时

我就是一名过客

跟你祈求春天和青春的上午课堂上

你是尼罗河上的一只船　或沧桑的希腊传说

太阳和月亮是古老的男女

穿越爱情的峡谷时

大学四年

犹如四个错别字

大雪即将覆盖这座城市

从你衣襟的扣子上

已折断我向往你的条条道路

写下

你孤独手指的传奇午夜时

我在泪水中灭亡

日记般的琐事如同蝴蝶飞来飞去

旧报纸般的凄凉的午后

你朝向东南方向扔掉的石头

和给任何人诉说的故事

在我孤独的心窗上一一飘落

你是我永恒的一盏灯

2010／2／18，写于呼和浩特

花香飘满的夏日午后

我记得花香飘满的午后与你相遇
这座城市从一个女人的午后开始

相逢是一杯酒
用一生的时间来品尝

相爱是一首歌
用一生的许诺来吟唱

我相信雨季飘过的午后
会有玫瑰的芬芳

我相信晚霞抚摸过的地方
会有黄昏的等待

我相信你的泪水
能淹没这座古老的城市

我相信你的惆怅

能颠覆漫长的地平线

我相信你的微笑

能改变我的一生

我记得花香飘满的午后与你相遇

这座城市从一个女人的午后开始

2010／2／10，写于呼和浩特

让真爱伴随你一生

长满春草的下午
仿佛我给你诉说青春的迷茫

白雪飞舞的午夜
仿佛我给你描摹爱情的芬芳
时间的角落与你邂逅是天意
让真爱伴随你一生

昔日的许诺　曾经的海誓山盟
依然飘荡在岁月的苍穹中

你是上帝之手　大地之光
你是帝国公主　时间彼岸

你是芳香迷人的黄昏　一首丰满的情歌
你是温馨飘逸的港湾　一丝凄美的月光

很多年前　我曾经从幽静的村落出发

寻找永不褪色的玫瑰、黑夜和一个女人

很多年前　我曾经从僻静的孤岛启程
寻找永不消失的王国、城市和一个诗人

曾经许诺用一生的时间来
给你修建一座幸福猎场

曾经誓言用一生的激情来
给你吟唱一首千古情歌

天地苍苍　世间轮回
让真爱伴随你一生

2010／1／15，写于呼和浩特

阳光灿烂的午后等待一朵玫瑰的绽放

我是来自远古戈壁的一只雄鹰

多么希望翱翔在雪山苍穹中

我是来自草原帝国的一匹骏马

多么希望奔驰在岁月长河中

我是寒风中挺立的一朵梅花

多么希望怒放在风雪交加的午夜

我是烈日中行走的一条村路

多么希望通向遥远的天堂和大地深处

我是暴风中流浪的精神骑手

多么希望黑夜降临之前抵达黄昏的岸边

我是严寒中沸腾的大地激情

多么希望独自穿过无人的戈壁、海滩和峡谷

我是烈火夏日的一场山洪

多么希望冲走所有的污垢和罪恶

我是飞过天际的一只百灵鸟

多么希望五月的清晨吟唱一首神歌

我是黑夜中寻找光明的孤独诗人

多么希望遥远的夏日黄昏中与你相逢

我是城市喧闹中独自行走的过路人

多么希望阳光灿烂的午后等待一朵玫瑰的绽放

2010／1／12，写于呼和浩特

遥远的一场雪

今夜
我想起遥远的一场雪和一个人

古老的村庄和那片火红的高粱田
依然等待着远去的诗人

走在雪地里
我忘掉了所有的快乐和忧愁

宁静的午夜
即将从一段凄凉的故事开始

望不尽
昨日的悲伤和冰冷的残月

一杯红酒
见证着一段爱情的开始或结局

冬日的城市犹如我那残缺的日记一样
失去了激情和温馨的光芒

我仿佛走进了一座古老的城堡
孤独的守望者依然孤独

失去的不只是土地、爱情和鸟群
失去的不只是天空、尊严和马群

路旁有一座寺院
还有古树

世界如此广阔
我却依然在路上

今夜
想起的不仅是一个人或一段惆怅的心事

今夜
想起的不仅是一座城堡和一个帝国的荣辱

雪中的城市
宛如传说中的西夏女人

我依旧在无人的大街上徘徊

等待一个人的出场

2010／1／9，写于呼和浩特

凄凉的午夜

我忘掉了黄昏的安慰
一声叹息时　午夜的彼岸悄悄倒塌

一切融进黑暗渐渐消失
我看见一朵芬芳的玫瑰今晚凋谢

寒风徐徐　北方依然冰雪千里
呼和浩特的午夜不相信一个诗人的悲伤

一个人走在无人的北风中
黑夜依然遮蔽了无数的灯火

2009／12／20，写于呼和浩特

某个上午

八时　阅读文学刊物
忽然想起青春的光芒已经渐渐消失

孩提时玩耍的生产队的草堂、林子、磨盘
不知在秋风中飞走何方

怎能把灰色的岁月抛向某地
尘埃卷起的夜晚我都能想起遥远的故乡

九时　走进理发店
只有蓬乱的头发证明我还活着

头发　经常生长经常修剪
却从未有过一丝埋怨

乌黑的长发像瀑布一样飘然的
美丽的村姑娘不知嫁给了何人

覆满天地的黑长发
在孤独的黄昏岸边飘扬　真切动人

十时　上网
网络世界眼花缭乱　翻山倒海

阅读朋友的诗歌时心在流泪
高举手中的钢剑时　我不会向俗世低头

破乱的隔壁、干枯的河床　还有那撕破的旗杆
一个人在孤独的宇宙间流浪时　今夜依然漆黑

2009／11／23，写于呼和浩特

一生叹息

无法怨恨
所爱的一切
刹那间离去

无法回首
当你的背影渐渐远离
怎样的生活才有意义

无法阻挡
青春的光泽
日愈黯淡

无法回想
红尘世界里为谁
风雨之中行走

无法阻止
云雾常常来袭

遮蔽梦中的苍穹

无法诉说
绝代好汉的奢望
日渐凋谢

2009／11／8，写于呼和浩特

爱人

我站在遥远的雪峰上向你呼唤

我站在所有鸟群的翅膀上向你祈求　我的爱人

我站在浩淼的大海中向你挥手

我站在所有黄昏的岸边向你祈祷　我的爱人

黑暗的宇宙里你是一盏明灯　我的爱人

寒冷的夜晚里你是一丝温暖　我的爱人

我用黑夜的手指抚摸你乌黑的长发　我的爱人

我用黑夜的激情撕开你飘香的衣襟　我的爱人

我用大地的豪情吟唱一首千古情歌

我用山河的名义书写一首千年情诗

2009／11／1，写于呼和浩特

灰色的日子不会因你的离开而结束

温馨的花朵
不是在所有的季节都能绽放

我不相信
所有的一切就此结束

一个人生存在宇宙间
请你别忘记有活下来的缘由

黄叶飘零
不是秋天的过错

白云飘散
不是寒风的情义

灰色的日子
不会因你的离开而结束

世间的罪恶

不会因你的缺失而终结

2009／5／23，写于呼和浩特

秋雨

这一场瑟瑟的秋雨　让我想起逝去的童年
红红的高粱地以及那天边的牧场

夏季带走了有关一个人　或一座城市的联想
群鸟飞向远方　树叶零星洒落在大地的怀抱

旷野、马群还有父亲留给的一首牧歌
仿佛在眼前飘荡

偷走我童年的黑夜和那条巨蟒
仍旧在时间彼岸徘徊

十六岁　我背着行囊离开故土
带着誓言和信念走过风风雨雨

路漫漫　天地辽阔
我依旧找不到回家的那一条路

畅饮一杯苦涩的烈酒时
才晓得人世间的冰冷与罪恶

迷失方向的一只雄鹰
依然盘旋在灰蒙蒙的苍穹间

唯有佛经能拭去心中的恐惧
世界辽阔无边　但找不到一处温馨的角落

连绵的秋雨慢慢消融着青春岁月
流浪的心何时才能找到温馨的港湾

远处　天地黯淡秋雨依旧绵绵
我用最凄凉的方式行走在黄昏中

2009／9／7，写于呼和浩特

寒冷的冬日

寒冷的北风

穿过大青山

越过小黑河

淌过夏季和远去的岁月

山间的树枝投下暗影

冰冷无情

乌鸦划过霜冻的天空

鸟群　依旧找不到温暖的阳光

旋转于遥远的雪山之上

河流已经停止呼吸

残缺的日记里

写满青春的悲伤

我坐在黑暗的角落里等待破晓

冬日依然寒冷

2009／9／29，写于呼和浩特

黑夜漫长

黑夜是一首死亡之歌
黑夜是一座帝国的坟墓

黑夜夺走了光明和太阳的所有祈祷
我依然看不到绽放的一朵玫瑰和一座城市的历史

失去方向的雄鹰死于天空中
我无法抵达黑夜的尽头

四周一片黑暗
恐惧如同一条蟒蛇　吞没了大地和河流

无人的荒野是一首凄凉的挽歌
我依然看不到鸟的翅膀和祖先的牧场

在敌人刀刃上跳着沧浪之舞的勇士
不再归来　大地在马蹄下颤抖

在帝国的废墟上
我见证着一个部落灭亡的全部过程

今夜　我依然看不到搬迁的车队和残缺的黄昏
一只布谷鸟永远唱不出苦涩的部落记忆

黑夜依旧漫长
我依然看不到曙光

2009／9／21，写于呼和浩特

春之印象

春风徐徐吹过身边
同窗的女友在何方

过路人曾经告诉我草已绿鸟已归
浩瀚的宇宙　伫立在河床里微笑

不要问冬天去往何处
大地在狂笑　笑容如此清澈多情

打开房门时
绿草的香味奔流而入　如同山洪

紫丁香开满院子
偶尔会想起很多年前的情感故事

2009 / 6 / 21，写于呼和浩特

雨夜，在窗台旁边

雨绵绵　宛如悠扬的情歌
丛生的午夜黑暗在窗外徘徊

四方安宁　又凄凉
偶尔听见雨中前行的车声

今夜我想起
四海的朋友

坐在黑暗中点燃生命之光时
汪洋的都市午夜在雨中悲伤

燃旺诗情的秋雨中
我忽然想起大学岁月

学生时代的金色梦想
还有燃尽的青春黄昏不知在何方

今晚　我想起恩师的箴言　真的想起啊
今晚　我听见旧友的歌声　真的听见啊

岁月　飞散的时间之风
依然吹来吹去

在苍苍的宇宙中　我是一名流浪者
千年的风霜仍然不原谅我

生命的神灯在黑暗中燃起
绽放的桂花伫立在风雨中

坐在窗旁凝视着生命的神奇光芒
隐隐听见绵绵雨滴敲打着遥远的村庄

2009／5／25，写于呼和浩特

开会的下午

山高水深　来去无人
一抹红云漂泊在窗外

从撕乱的笔记本上
无法找回遗忘多年的传奇

仰望窗外
美丽的花朵　纷纷的雨季　远方的村落如浮动的
　　蜃景

一杯香茶
让我想起千年往事　心中依旧充满惆怅

在会议室里度过飘飘然然的一天
呼和浩特依然不相信心中的迷惘

高举缺刃的钢剑时
人间宛如严冬一样寒冷

朋友的演讲在桌子上翩翩起舞
不知谁偷走了我今生的快乐啊

远去的雀群不再歌唱冬天的景色
更不知春雨何时归来

四周伫立着方块的青色高楼
很多年以后依然消失于时间河流

返回日夜想念的遥远戈壁啊
老鹰　孤舟　凄凉的月色依旧等我归来

2009／5／24，写于呼和浩特

联想

天矮　大地沉默寡言
树叶自窗外飘落
远去的秋季带走了我的思念和悲伤

我不知道
说不尽的无奈和哀伤自何方飞来
美丽无暇的童年和宽阔无比的荒野消失在何方

暖风如同快乐的小鸟
用它美妙的歌声　抚摸着心中久违的祖先伤痕

明月如同飘逸的女子
唱起凄凉的情歌　点燃了心中久留的爱情故事

天真的孩童在村间的大树下
用时光和梦想搭建着茅草屋
而我已经失去了美妙的联想

收藏我金色童年和回忆的故乡土路
宛如一匹疾飞的骏马直奔天际

翻阅起模糊不清的旧诗稿时
尚未绽放的一束花朵依旧芬芳艳丽

谁能唱出丰收的喜悦之歌啊
脚下的青青绿草无法安慰疲惫的心灵

是谁掠夺了我的雨季
童年的美梦飞向哪里
躲在草屋里尽情啜饮阴冷的午夜时　蟋蟀的歌声
　依旧凄凉

无边的戈壁
在梦中翻滚着金色的波浪
苍茫的大漠令我沉默无言

2009／1／18，写于呼和浩特

红叶

回想过去的岁月
一切都已悄然离去

那年秋天曾经对你说过
东山深处的一棵树上开满了花朵

我从遥远的半岛返回的那个夜晚
曾经告诉过你大海是如此的蔚蓝

还曾经告诉过你
很多年以后我依然想起你

回想过去的岁月时
往昔的记忆之水仍然在目光中流转……

2009／1／23，写于呼和浩特

安宁的雪

我不知道　在爱过的这块土地里
曾经长满了红樱桃树

曾经想过　真的想过
送给你一场安宁的雪

但无花的季节
从未原谅过我

我不会忘记
默默站在冰冷的大树下凝视落叶的情形

而我依然想着
要送给你一场安宁的雪

2009／1／23，写于呼和浩特

枫叶红了

凝望火红连片的枫叶
心依旧惆怅

我想起童年和牧场
想起遥远的雪山和黄昏

枫树即将落叶
大地无言　天色依然深蓝

回首往事
心中仍有无尽的伤痛

关于你的思念宛如枫叶
蓦然回首时　片片飘落

枫叶红了
鸿雁走了

2009／1／30，写于呼和浩特

一张车票

一张车票　让我上路回家
在北方　有我的草原、马群和蓝色童年

北风带着寒意送走了雨季
也送走了秋天的赞歌

让这杯酒　为离别而干杯
空荡的宿舍　为谁哭泣

凌乱的情绪无法整理
南迁的鸿雁带走了岁月的激情

一场故事尚未开始
结局依然凄凉

窗外的树叶散落在记忆深处
翻开的书页等待着远去的一个人

第九页上和你曾经相遇

也悄悄分离　人生如同一本书

我看见满山飘落的红叶

想起遥远的岁月和陌生的城市

公交车站挤满了回家的人群

冰冷的商贸大厦伫立在眼前

我为远行的朋友默默祈祷

在河岸、城市角落　或黄昏中与你相逢

返回出发地　一切为了结局而准备

天空依然深蓝　岁月如歌

一张车票　也让我想起流浪的一生

在北方　有我的家园、情人和破碎的梦想

2008／11／2，写于鲁迅文学院

祈祷

风在远处　雨在空中
一座古城在黑暗中飘扬

一首老歌如此凄凉
让人流泪　让古城流泪

一本诗集讲述着悲壮的激情
诗人和土地同样珍贵

远去的时光回旋在于茶杯
仰头　我饮下这杯苦涩的记忆和黑夜

我想起晚霞、牧场和骏马
还有我那神话般的村庄

远处的寂寞如同古老的残月
我依然在家门外徘徊

天空阒然无声
这座古城不相信诗人的谎言

群鸟飞过山脉、草地和黑夜
雨季何时再回

我那永恒的悲伤宛如一条红布
飘扬在寒风中

今夜　我要祈祷苍天大地
我的英雄们依然永不归来

2008／9／9，写于鲁迅文学院

图书在版编目（CIP）数据

今夜，大海在北边/满全著． -- 北京：作家出版社，
2020.4

　ISBN 978-7-5212-0815-3

　Ⅰ．①今… Ⅱ．①满… Ⅲ．①诗集－中国－当代
Ⅳ．①I227

　中国版本图书馆CIP数据核字（2019）第282934号

今夜，大海在北边

作　　者：	满　全
责任编辑：	兴　安
装帧设计：	意匠文化·丁奔亮
出版发行：	作家出版社有限公司
社　　址：	北京农展馆南里10号　　邮　编：100125
电话传真：	86-10-65067186（发行中心及邮购部）
	86-10-65004079（总编室）
E-mail:zuojia@zuojia.net.cn	
http://www.zuojiachubanshe.com	
印　　刷：	中煤（北京）印务有限公司
成品尺寸：	130×210
字　　数：	180千
印　　张：	6.5
版　　次：	2020年4月第1版
印　　次：	2020年4月第1次印刷
ISBN	978-7-5212-0815-3
定　　价：	56.00元